BESTSELLER

Arturo Pérez-Reverte nació en Cartagena, España, en 1951. Fue reportero de guerra durante veintiún años. Con más de quince millones de ejemplares vendidos en todo el mundo, varias de sus novelas han sido llevadas al cine y la televisión. Hoy comparte su vida entre la literatura, el mar y la navegación. Es miembro de la Real Academia Española.

Para más información, visita la página web del autor:
www.perezreverte.com

También puedes seguir a Arturo Pérez-Reverte en Facebook y Twitter:
Arturo Pérez-Reverte
@perezreverte

Biblioteca

ARTURO PÉREZ-REVERTE

Ojos azules

Prólogo de

Pere Gimferrer

DEBOLS!LLO

Primera edición en Debolsillo: septiembre, 2017

Printed in Spain – Impreso en España

ISBN: 978-84-663-3962-9 (vol. 406/19)
Depósito legal: B-14.325-2017

Impreso en Liberdúplex
Sant Llorenç d'Hortons (Barcelona)

P 3 3 9 6 2 9

Penguin
Random House
Grupo Editorial

Prólogo

Tendemos acaso a imaginar la «noche triste» (30 de junio al 1 de julio de 1520) bajo las especies de un vasto mural épico, en el que los soldados de Cortés luchan, matan y mueren en una lluviosa penumbra azteca; pero acerquémonos más, no al friso monumental, sino al individuo concreto, como el que late en el códice de Guatemala en el que Bernal Díaz del Castillo refirió su alucinada y luminosa peripecia mexicana: nos encontraremos en el territorio en el que habita el narrador de *Ojos azules*.

Miniatura magistral de la escritura de Pérez-Reverte, *Ojos azules* me trae a la memoria cierta frase de Emerson que solía recordar Borges: comprendiendo un momento de la vida de un hombre, podremos comprender toda su vida. Del mismo modo, quien lee *Ojos azules* no sólo percibe la vida entera del soldado que la protagoniza, sino el alcance y significación del extenso episodio épico en el que se inserta, y, en otro sentido, la dimensión de toda la numerosa, variada y rica trayectoria narrativa de Arturo Pérez-Reverte, cuyas virtudes compendia especularmente y espectacularmente en un admirable microcosmos.

Atrás quedó, desde el principio, y no precisamente por falta de conocimientos y herramientas, la tentación del mimetismo arcaizante en el lenguaje, la tentación de la arqueología expresiva; atrás quedó igualmente la tentación o posibilidad optativa de dar al habla una pátina que ilusoriamente sugiriera la apariencia de lo antiguo; todo eso está ya en lo narrado y no es preciso que redundantemente aluda a ello el registro verbal empleado, salvo en aquello que no permita otra resolución. Mas lo que importa es, por el contrario, subrayar, no la lejanía temporal, sino la proximidad vivencial del relato.

Este soldado es casi el soldado de cualquier guerra, a condición de no ser un recluta: podría ser un romano como los que aparecen en las páginas de Amiano Marcelino, o ciertos combatientes contemporáneos. El coloquialismo de su dicción no se encamina a atenuar el tono épico de lo relatado, sino, por el contrario, a realzarlo; precisamente porque esta voz nos resulta tan cercana quedamos más sobrecogidos por lo que nos cuenta.

¿Qué nos cuenta, por cierto? No meramente una historia de coraje, ganancia o pérdida; no meramente (y todo ello sería ya mucho) la confrontación o careo entre dos mundos: son, por el contrario, las últimas palabras que acierta a pensar el soldado las que nos dan la clave de bóveda de este excepcional edificio narrativo. El tema final de *Ojos azules*, implícito ya en su título (que es a la vez el sintagma que cierra la narración), no es otro que el mestizaje. A su luz, la a un tiempo sombría y fulgurante «noche triste» revela, tras el áspero chasquido de herrajes, su condición de encrucijada: nada será en adelante lo que fue, ni para los mexicanos ni para los que aportaron a la costa azteca desde el reino de Castilla. Nada será para ningún lector lo mismo: con el soldado en plena lucha —propiamente, en agonía en el sentido etimológico del término— hemos asistido al tránsito y fusión entre dos colectividades y dos momentos de la Historia. Unas dotes de narrador verdaderamente extraordinarias y una infrecuentísima capacidad de síntesis eran precisas para ello: la pieza que el lector tiene en sus manos las acredita, una vez más, con creces.

PERE GIMFERRER
Barcelona, 6-XI-2008

Ojos azules

Llovía a cántaros. Llovía, pensó el soldado, como si el dios Tlaloc o la puta que lo parió hubieran roto las compuertas del cielo. Llovía mientras resonaban afuera los tambores, y los capitanes iban llegando cubiertos de hierro, sombríos, con las gotas de agua corriéndoles por los morriones y la cara y las cicatrices y las barbas. Llovía sobre Tenochtitlán, cubriendo la capital azteca de una noche húmeda; lágrimas siniestras que repiqueteaban en los charcos del patio del templo mayor, y disolvían en regueros pardos las manchas de sangre de la última matanza, la de centenares de indios mexicanos, cuando en plena fiesta el capitán Alvarado mandó cerrar las puertas y los hizo degollar, ris, ras, visto y no visto, hombres, mujeres y niños, por aquello de que al que madruga Dios lo ayuda, y más vale adelantarse que llegar tarde. Los he cogido en el introito, dijo luego Alvarado, cuando Cortés fue a echarle la bronca. Se me fue la mano, jefe, se disculpaba, huraño. Pero por lo bajini se reía, el animal. Los he cogido en el introito. Bum, bum, bum, bum. Apoyado en el portón, bajo la lluvia, el soldado de ojos azules reprimió un escalofrío mientras se ajustaba el peto y ceñía la espada. A su alrededor los compañeros se miraban unos a otros, inquietos. Al otro lado de los muros del palacio, afuera, los tambores llevaban sonando una eternidad. Bum, bum, bum, bum. Había toneladas de oro, pero ahora Moctezuma estaba muerto y se acababan las provisiones y todo se había ido al carajo. Bum, bum, bum, bum. También había miles y miles de mexicanos en la ciudad, alrededor, cubriendo las terrazas, llenando las piraguas de guerra en los canales y la calzada entre los puentes cortados. Mexicanos sedientos de venganza. Bum, bum, bum. Así todo el día y toda la noche, mientras en lo alto de los templos los sacerdotes alzaban los brazos al cielo y preparaban los sacrificios. Bum, bum, bum, bum. Aquello sonaba adentro, precisamente en el corazón, que los más cenizos ya imaginaban fuera del cuerpo, ensangrentado, abierto el pecho por el cuchillo de obsidiana. Bum, bum, bum. Menudo plan, pensó el soldado mirando las caras mortalmente pálidas de los otros. Venir desde Cáceres y Tordesillas y Luarca y Sangonera, que están lejos de cojones, para terminar abierto como un gorrino, con las asaduras hechas brochetas en lo alto de un templo, aquí donde Cristo dio las tres voces. Bum, bum, bum. Y además, de tanto oírlos, aquellos tambores habían adquirido un lenguaje propio. Si uno prestaba atención podía oír que decían: *Teules* malditos, perros, vais a morir todos hasta el último, y pagaréis el deshonor de nuestros ídolos, y vuestra sangre correrá por las aras y los escalones de los templos. Bum, bum, bum. Eso decían aquella noche, pensó estremeciéndose, los jodidos tambores de Tenochtitlán.

Cortés, con cara de funeral, no se había ido por las ramas: tenían que romper el cerco. Dicho en claro, eso significaba Santiago y Cierra España, todos corriendo a Veracruz, y maricón el último. De modo que cargaron en caballos cojos y en ochenta indios aliados tlaxcaltecas la parte del oro que correspondía al rey, y luego dijo Cortés aquello de ahí queda el oro sobrante, más del que podemos salvar, y el que quiera que se sirva antes de darlo a los perros. De modo que los soldados de Pánfilo de Narváez, que habían llegado los últimos, se atiborraron de botín dentro del jubón y del peto, y bolsas atadas a la espalda, y anillos en cada dedo. Pero los veteranos, que habían estado en Ceriñola y en sitios de Flandes e Italia y llevaban con Cortés desde el principio, y nunca se las habían visto como en el matadero de México, procuraban ir sueltos de cuerpo, sin mucho peso. Si acaso, como Bernal Díaz y algún otro, se embolsaron alguna joya pequeña, algún anillo de oro. Cosas que no les impidieran correr en una huida que iba a ser, eso lo sabían todos, de piernas para qué os quiero. Que no era bueno, como decía la mala bestia del capitán Alvarado, pasearse con los bolsillos llenos en noches toledanas como aquélla.

Bum, bum, bum. Seguía lloviendo cuando abrieron las puertas y empezaron a salir en la oscuridad. Sandoval y Ordás en la vanguardia, con ciento cincuenta españoles y cuatrocientos tlaxcaltecas, con maderos para reparar los puentes cortados. En el centro, Cortés, otros cincuenta españoles y quinientos tlaxcaltecas con la artillería y el quinto del tesoro correspondiente al rey. Después salieron los heridos, los rehenes, doña Marina y las otras mujeres, protegidos por treinta españoles y trescientos tlaxcaltecas, entremetidos entre los capitanes y la gente de Narváez. Y por fin, Alvarado y Velázquez de León en la retaguardia, con un grupo de los cien soldados más jóvenes que debían moverse a lo largo de la columna, acudiendo allí donde el peligro fuese mayor. Eso, en teoría. En la práctica no había más órdenes que andar ligeros, pelear como diablos y abrirse paso por los puentes y la calzada como fuera. A partir de cierto punto, cada uno cuidaría de su pellejo. Dirección: primero Tacuba y luego Veracruz. Eso, los que llegaran. Era el turno de los últimos. Tiritando de frío bajo la lluvia, el soldado de los ojos azules terminó de atarse el saco de oro sobre el hombro izquierdo, se ajustó el barbuquejo del morrión, sacó la espada y echó a andar. El agua sobre los ojos lo cegaba, y la oscuridad le impedía ver dónde iba poniendo los pies. La columna se movía con ruido de pasos, oraciones, blasfemias, rumor metálico de armas y corazas. Iba a ser un largo camino, se dijo. Tacuba, Veracruz, Cuba, España. El peso del oro lo reconfortaba. Había venido muy lejos a buscarlo, había peleado y sufrido y visto morir a muchos camaradas por ese oro. Él tenía la certeza de que iba a salir con bien de aquélla; y a su regreso ya no tendría que arar la tierra ingrata en la que había nacido, seca y maldita de Dios, tierra de caínes esquilmada por reyes, curas, señores, funcionarios, recaudadores de impuestos y alguaciles; por sanguijuelas que vivían del sudor ajeno. Con aquel oro tendría para vivir bien y hacer una buena boda, para poseer su propia tierra y su propia casa. Para envejecer tranquilo, como un hidalgo, contándole a sus nietos cómo conquistó Tenochtitlán. Para morir anciano y honrado sin deber nada a nadie, porque hasta el último gramo de oro lo había ganado con su sangre, sus peligros, sus combates, su salud y su miedo.

Sintió un hueco en el corazón, y antes de ser consciente de su pensamiento supo que pensaba en ella. Los soldados que iban delante se habían parado; y allí, inmóvil bajo la lluvia, mientras esperaba a que la columna reanudara su marcha, recordó. Sólo era una india, se dijo. Sólo era una de esas indias. Las había a cientos, y ésta no tenía nada de particular. No era ni especialmente bonita ni especialmente nada. Pero él la encontró en el momento oportuno, al principio, cuando las relaciones de españoles y mexicanos aún eran buenas. Se la había tirado como lo que era: una perra pagana. Se la había tirado disfrutándola, con rudeza. Sin embargo, ella le cobró afición al *teule* barbudo de ojos azules; volvió un día tras otro, y él repetía hembra entre las bromas groseras de sus compañeros. Qué le das, decían socarrones. Aquella mexicana se le quedaba mirando a los ojos y lo acariciaba hablando cosas extrañas en su lengua. Era muy joven y muy triste; no se reía nunca, como si viviera envuelta en un presentimiento. Un día, ella le dio a entender que estaba preñada, y él se lo contó a los otros y todos se rieron mucho. Luego se la calzó por última vez antes de echarla a patadas, a ella y al bastardo pagano que llevaba en la tripa. Sin embargo, a la segunda o tercera noche en que no volvió, se sintió extraño. Anduvo un par de días buscándola, sin admitirlo ni siquiera ante sí mismo. Pero no dio con ella. Por fin reconoció, aunque tarde, que añoraba su piel sumisa, y el tono quedo de su voz cuando lo acariciaba, y aquella mirada oscura que a veces fijaba en él, orgullosa y lúcida e inconquistable allá adentro; y experimentaba una indefinible nostalgia de algo que apenas había llegado a conocer. Pensaba en aquella india con un hueco raro en el corazón, igual que el que sentía esta noche. Un hueco cuya intensidad superaba incluso la del miedo.

Porque el miedo ya era mucho. Los tambores habían acelerado su batir, y Tenochtitlán entera resonaba de trompetas y gritos de los mexicanos alertados: se van, los *teules* se van, acudid y atajadlos y que no quede uno con vida. Y de la noche surgían cientos y miles de guerreros que caían en turba sobre la columna, y la laguna y los canales se cubrían de canoas de indios vociferantes, y los pasos y los puentes se taponaban de caballerías muertas, y de fardos con oro abandonados, y de mexicanos armados y feroces tirando con lanzas y flechas y mazas. Resbalaban los caballos en la calzada mojada de lluvia y caían los hombres desventrados, gritando, a los canales, y avanzaban los españoles en la oscuridad, por los vados a medio llenar de los puentes, el agua por la cintura, lastrados por el peso del oro bajo el que se ahogaban muchos. Atrás, volvamos, gritaban algunos, corriendo a encerrarse de nuevo allí de donde ya no saldrían jamás. Otros apretaban los dientes y seguían entre la turba de indios, arremetiendo a cuchilladas, adelante, adelante, a Tacuba y Veracruz o al infierno esta noche; y Cortés y los que iban a caballo se alejaban ya a salvo picando espuelas con la vanguardia, dejando muy atrás los puentes y a los que iban a pie, dejando atrás a esa retaguardia sumergida bajo miles de mexicanos sedientos de venganza, a la retaguardia que ya no era sino un desorden de hombres luchando a la desesperada por abrirse paso, gritos por todas partes, gritos de los hombres que clavaban las espadas ensangrentadas, gritos de los heridos y agonizantes, gritos de los mexicanos que caían con valor inaudito sobre los soldados rebozados de hierro, sangre y fango de los canales, gritos de los españoles apresados a quienes cortaban los tendones de los pies para que no escapasen, antes de arrastrarlos vivos hasta las pirámides de los templos, donde los sacerdotes no daban abasto y la sangre corría en regueros espesos bajo la lluvia.

El soldado de los ojos azules peleó con bravura, a la desesperada, chapoteando en el barro, abriéndose paso a estocadas. El saco de oro le pesaba en el hombro pero no quiso dejarlo. Había ido muy lejos a buscarlo, y no pensaba regresar sin él. Avanzaba con un grupo de compañeros, batiéndose todos como perros salvajes, matando y matando sin tregua, y de vez en cuando alguno de ellos caía o era arrancado por las manos de los mexicanos y se oían sus gritos mientras se lo llevaban. La noche era cada vez más negra y turbia de bruma y lluvia, y en lo alto de los templos las antorchas ardían iluminando siluetas que se debatían sobre los peldaños rojos, y los cuchillos de obsidiana bajaban y subían sin descanso, y seguían sonando los tambores. Bum, bum, bum, bum. Pero el soldado de los ojos azules ya no oía los tambores porque su corazón latía aún más fuerte en su pecho y en sus tímpanos. Las piernas se le hundían en el barro y el brazo le dolía de matar. Una piragua vomitó más guerreros aullantes que se abalanzaron sobre el grupo, y éste se deshizo, y se oyó la voz del capitán Alvarado diciendo corred, corred, que ya no queda nadie detrás, corred cuanto podáis y que cada perro se lama su badajo. Y luego todo fue una carnicería espesa, tunc, y cling, y chas, carne desgarrada y golpes de maza y tajos de espadas, y el soldado oyó más gritos de españoles que morían o pedían clemencia mientras los arrastraban hacia los templos, y se dijo: yo no. El hijo de mi madre no va a terminar de ese modo. Llegaré a Veracruz y a Cuba y a España, y compraré esa tierra que me espera, y envejeceré contando mil veces cómo fue esta asquerosa noche. El oro le pesaba cada vez más y lo hundía en el barro, pero no quiso dejarlo, no lo dejaré nunca, he pagado por cada onza, y sigo pagando. Vio ante sí unos ojos oscuros como los de aquella india en la que pensaba a trechos, pero éstos venían llenos de odio y la mano que se alzaba ante él blandía una maza. Se abrazó al mexicano, un guerrero águila pequeño y valiente, y abrazados rodaron por el fango, golpeando el otro, acuchillando él. Tajó en corto con la daga, porque había perdido la espada. Sácame de aquí, Dios, sácame de aquí, Dios de los cojones, sácame vivo, maldito seas, sácame y la mitad de este oro la emplearé en misas, y en tus condenados curas, y en lo que te salga de los huevos. Llévame vivo a Veracruz. Llévame vivo a Tacuba. Llévame vivo aunque sólo sea hasta el próximo puente, que ya me las apañaré yo luego.

Siguió adelante, y ya ningún otro español iba a su lado. Soy el último, pensó. Soy el último de nosotros en este puñetero sitio. Soy la retaguardia de una vanguardia que ya está a una legua de aquí. Soy la retaguardia de Cortés y de su puta madre, y este oro me pesa tanto que ya no puedo caminar. Estaba cubierto de barro y de agua y de sangre suya y mexicana, y los pies se negaban a moverse, y el brazo le dolía de tanto acuchillar. Estaba ronco de dar gritos y le ardían los pulmones y la cabeza; pero el hueco del corazón seguía allí, y no podía dejar de pensar en ella. Estará en alguna parte de esta ciudad con su bastardo en la tripa, mirando lo que pasa. Mirando cómo a los *teules* nos hacen filetes. Igual hasta piensa en mí. Igual se pregunta si he logrado pasar. Igual hasta siente que me vaya.

Más indios. Ahora ya no intentó escapar. Carecía de fuerzas, así que acuchilló resignado, una y otra vez, cuando la turba le cayó encima dando alaridos. Acuchilló a tajos con una mano sobre el saco de oro y la daga en la otra hasta que sintió un golpe en la cabeza, y luego otro, y otro, y varias manos lo sujetaron, y aún intentó clavarles la daga hasta que comprendió que ya no la tenía. Entonces le arrancaron el saco de oro y se lo llevaron por la calzada bajo la lluvia, a la carrera, arrastrando los pies por el suelo, hacia una de las pirámides cuyos escalones brillaban rojos a la luz de las antorchas en las que crepitaba la lluvia. Y gritó, claro. Gritó cuanto pudo, desesperado, de forma muy larga, muy angustiada, a medida que lo iban subiendo a rastras pirámide arriba. Gritó de pavor ante la multitud de rostros que lo miraba, y de pronto dejó de gritar porque la había visto a ella. La había visto allí, entre la gente, observándolo fijamente con aquellos ojos grandes y oscuros. Lo miraba como si quisiera retenerlo en su memoria para siempre; y él apenas tuvo tiempo de verla un instante, porque siguieron arrastrándolo hasta el altar ensangrentado, que rodeaban cadáveres de españoles con las entrañas abiertas. Ahora oía otra vez los tambores. Bum, bum, bum. Tiene huevos acabar así, pensó. Bum, bum, bum. Es un lugar extraño, y nunca imaginé que fuese de esta mañera. Sintió cómo lo levantaban en vilo, tumbándolo boca arriba sobre el altar mojado que olía a sangre fresca, a vómitos de miedo, a vísceras abiertas. Le quitaron el peto, el jubón y la camisa. Sentía un terror atroz, pero se mordió la lengua para no gritar, porque ella estaba allí, alrededor, en alguna parte, y él sabía que seguía mirándolo. Varias manos le inmovilizaron brazos y piernas. Quiso rezar, pero no recordaba una sola palabra de maldita oración alguna. Tenía los ojos desorbitados, muy abiertos a la lluvia que le caía en la cara, y de ese modo vio el cuchillo de obsidiana alzarse y caer sobre su pecho, con un crujido. Y en el último segundo, antes de que la noche se cerrara en sus ojos, aún pudo ver latir en alto, en las manos del sacerdote, su propio corazón ensangrentado.

Ojalá, pensó, mi hijo tenga los ojos azules.

Apéndice

Aquellos hombres duros

No siempre estoy de acuerdo con las decisiones de la Real Academia Española. Mi agradecimiento por pertenecer a esa institución no incluye la lealtad ciega. Contra ciertos aspectos de la última Ortografía, por ejemplo, milito en abierta disidencia, como Javier Marías. Sin embargo, otras cosas me calientan el orgullo. La última de ellas es la aparición, en la Biblioteca Clásica de la RAE, de uno de los libros más importantes escritos en lengua española; y quizá, junto a la *Cró-*

nica de Muntaner —los almogávares en Bizancio— el más apasionante de todos: *Historia verdadera de la conquista de la Nueva España*, de Bernal Díaz del Castillo.

Si les gusta la Historia, si aman los buenos relatos de guerra y aventuras, si quieren asistir a una de las más grandes y terribles hazañas de la Historia, si desean conocer de primera mano el sangriento prodigio que fue la conquista de México por una pequeña tropa de españoles ambiciosos, valientes, crueles y duros como la ingrata tierra que los parió, vayan a una librería y cojan uno de esos volúmenes azules con el emblema de la RAE. Luego ábranlo al azar y lean algo. Con suerte darán en el capítulo 86, donde los conquistadores empiezan a abrirse camino desde Cholula; o en el 129, donde comienza el asedio de Tenochtitlán. O en el capítulo anterior, el 128, donde se cuenta cómo en plena noche, bajo la lluvia, los españoles intentan romper el cerco y escapar de la ciudad, peleando con los valerosos aztecas que les caen encima por millares y arrastran a los prisioneros a los templos para sacrificarlos; y también se cuenta, con espeluznante sobriedad, cómo el plan original se va al diablo en el caos del combate —«*si había algún concierto, maldito aquel*»—; y mientras todos pelean en la estrecha calzada, matando y muriendo, Cortés, que va a caballo con el tesoro y las mujeres, escapa y sigue adelante; pero requerido por sus hombres, vuelve atrás a socorrer a los rezagados, y ya sólo encuentra a Alvarado, que corre en la oscuridad seguido por cuatro españoles y ocho fieles tlaxcaltecas empapados de lluvia y de sangre; y viendo que tras ellos no vienen más, que de la retaguardia sólo quedan ésos, «*se le saltaron las lágrimas de los ojos*».

Bernal Díaz del Castillo no era un historiador ni un literato. Era un soldado profesional que había leído libros y tenía el talento, el don magnífico, de juntar palabras con una naturalidad, una limpieza y una honradez envidiables. Escribió sus recuerdos de la conquista de México —«*lo que yo vi y me hallé en ello peleando*»— muchos años después, viejo y cansado, tras ver cómo los advenedizos, funcionarios y parásitos llegados de España se enriquecían en la tierra que él conquistó y en la que quedó mal pagado y casi pobre. Escribió con asombrosa fidelidad y atención al detalle, sin trompetazos ni alardes, con una sencillez pasmosa; humilde siempre, excepto para reivindicar el orgullo legítimo de haber estado allí. De sus sufrimientos y peligros.

Harto de versiones de segunda mano y manipulaciones de los hechos que él vivió en carne herida —ciento cuarenta combates durante su larga vida de soldado—, el anciano veterano de Cortés, superviviente de una de las más asombrosas gestas que vieron los siglos, quiso poner las cosas en su sitio. Hacer honor a la memoria de sus compañeros muertos y a la suya propia, porque «*soy viejo de más de ochenta y cuatro años y he perdido la vista y el oír, y por mi ventura no tengo otra riqueza que dejar a mis hijos y descendientes, salvo esta mi verdadera y notable relación».*

El libro de Bernal Díaz del Castillo es tan fascinante y extraordinario que resulta imprescindible en la memoria y la certeza histórica de cualquier español de honrada casta. Pero no sólo eso. *La Historia verdadera* cuenta también, de modo asombroso, el final de un mundo y el terrible crujido que hizo nacer otro nuevo. El retrato minucioso de aquellos hombres increíbles que se abrieron paso por una tierra desconocida y hostil, haciéndola propia a arcabuzazos y cuchilladas, no es sólo una historia española, sino también, y sobre todo, una historia mexicana. Cuando el autor cuenta que tras la toma de Tenochtitlán se hizo el recuento de las mujeres indias que iban con los conquistadores, añade que «*algunas de ellas estaban ya preñadas*». Para mal y para bien, los primeros nuevos mexicanos estaban a punto de nacer. Por eso Bernal Díaz del Castillo y sus camaradas son hoy más de allí que de aquí. Por la sangre vertida. Por la sangre mezclada.

XLSemanal
25 de junio de 2012

Viejas tumbas olvidadas

Y ahora, ante el episodio más espectacular de nuestra historia, imaginen los motivos. Usted, por ejemplo, es un labriego extremeño, vasco, castellano. De donde sea. Pongamos que se llama Pepe, y que riega con sudor una tierra dura e ingrata de la que saca para malvivir; y eso, además, se lo soplan los ministros de Hacienda o como se llamaran en aquella época, los nobles convertidos en sanguijuelas, la Iglesia con sus latifundios, diezmos y primicias. Y usted, como sus padres y abuelos, y también como sus hijos y nietos, sabe que no saldrá de eso en la puñetera vida, y que su destino eterno en esta España miserable será agachar la cabeza ante el recaudador, lamer las botas del noble o besar la mano del cura, que encima le dice a su señora, en el confesonario, cómo se te ocurre hacerle eso a tu marido, que te vas a condenar por pecadora.

Y nuestro pobre hombre está en ello, cavilando si no será mejor reunir la mala leche propia de su maltratada raza, juntarla con el carácter sobrio, duro y violento que le dejaron ocho siglos de acuchillarse con moros, saquear el palacio del noble, quemar la iglesia con el cura dentro y colgar al recaudador de impuestos de una encina, y luego que salga el sol por Antequera.

Y en eso está, afilando la hoz para segar algo más que trigo, dispuesto a llevárselo todo por delante, cuando llega su primo Manolo y dice: chaval, han descubierto un sitio que se llama las Indias, o América, o como te parezca, porque está sin llamarlo todavía, y dicen que está lleno de oro, plata, tierras nuevas e indias que tragan. Sólo hay que ir allí, y jugársela: o revientas o vuelves millonetis. Y lo de reventar ya lo tienes seguro aquí, así que tú mismo. Vente a Alemania, Pepe.

De manera que nuestro hombre dice: pues bueno, pues vale. De perdidos, a las Indias. Y allí desembarcan unos cuantos centenares de Manolos, Pacos, Pepes, Ignacios, Jorges, Santiagos y Vicentes dispuestos a eso: a hacerse ricos a sangre y fuego o a dejarse el pellejo en ello, haciendo lo que le canta el gentil mancebo a don Quijote: *A la guerra me lleva / mi necesidad. / Si hubiera dineros / no iría, en verdad.*

Y esos magníficos animales, duros y crueles como la tierra que los parió, incapaces de tener con el mundo la piedad que éste no tuvo con ellos, desembarcan en playas desconocidas, caminan por selvas hostiles comidos de fiebre, vadean ríos llenos de caimanes, marchan bajo aguaceros, sequías y calores terribles con sus armas y corazas, con sus medallas de santos y escapularios al cuello, sus supersticiones, sus brutalidades, miedos y odios. Y así, pelean con indios, matan, violan, saquean, esclavizan, persiguen la quimera del oro de sus sueños, descubren ciudades, destruyen civilizaciones y pagan el precio que estaban dispuestos a pagar: mueren en pantanos y selvas, son devorados por tribus caníbales o sacrificados en altares de ídolos extraños, pelean solos o en grupo gritando su miedo, su desesperación y su coraje; y en los ratos libres, por no perder la costumbre, se matan unos a otros, navarros contra aragoneses, valencianos contra castellanos, andaluces contra gallegos, llevando a donde van las mismas viejas rencillas, los odios, la violencia, la marca de Caín que todo español lleva en su memoria genética.

Y así, Hernán Cortés y su gente conquistan México, y Pizarro el Perú, y Núñez de Balboa llega al Pacífico, y otros muchos se pierden en la selva y en el olvido. Y unos pocos vuelven ricos a su pueblo, viejos y llenos de cicatrices; pero la mayor parte se queda allí, en el fondo de los ríos, en templos manchados de sangre, en tumbas olvidadas y cubiertas de maleza. Y los que no palman a manos de sus mismos compañeros, acaban ejecutados por sublevarse contra el virrey, por ir a su aire, por arrogancia, por ambición; o, tras conquistar imperios, terminan mendigando a la puerta de las iglesias, mientras a las tierras que descubrieron con su sangre y peligros llega ahora desde España una nube parásita de funcionarios reales, de recaudadores, de curas, de explotadores de minas y tierras, de buitres dispuestos a hacerse cargo del asunto.

Pero aun así, sin pretenderlo, preñando a las indias y casándose con ellas —en lugar de exterminarlas, como en el norte harían los anglosajones—, bautizando a sus hijos y haciéndolos suyos, emparentando con guerreros valientes y fieles que, como los tlaxcaltecas, no los abandonaron en las noches tristes de matanza y derrota, toda esa panda de admirables hijos de puta crea un mundo nuevo por el que se extiende una lengua poderosa y magnífica llamada castellana, allí española, que hoy hablan 500 millones de personas y de la que el mejicano Carlos Fuentes dijo: *«Se llevaron el oro, pero nos trajeron el oro»*.

XLSemanal
10 de marzo de 2014

Los cráneos de Zultepec

No todo fue oro y gloria, ni de lejos. Hay un lugar en México que se llama Zultepec. Allí, hace cosa de un año, los arqueólogos descubrieron, escondidos al pie de un antiguo templo, restos de cuatro conquistadores españoles y de algunos guerreros tlaxcaltecas, los indios oprimidos por los aztecas que fueron fieles aliados de Cortés y pelearon a su lado incluso en la Noche Triste y en la carnicería de Otumba. Los cráneos de los españoles, al parecer, habían sido tratados según el exquisito ritual del tzomplantli: desollados tras arrancarles el corazón, comidas algunas vísceras y empalados los cráneos para su exhibición en las gradas del templo. Así que pueden imaginarse el cuadro.

Medio escondido entre la vegetación que lo invadió durante largos años, el templo de Zultepec no es ahora más que un montón circular de piedras negras bajo un sol implacable. Hace cuatro siglos los indios acolhuas de Tesalco, aliados de los aztecas, rendían allí culto a Ehecalt, dios del viento, y los arqueólogos —algunos españoles entre ellos— trabajan en rescatar su pasado. Tesalco tiene siniestras connotaciones históricas porque en esa región, durante los primeros días de junio de 1520, cincuenta españoles y trescientos aliados tlaxcaltecas de Hernán Cortés que avanzaban, rezagados, entre Veracruz y Tenochtitlán cayeron en una emboscada de las de sálvese quien pueda. Los que no tuvieron la suerte de morir peleando en la barranca fueron arrastrados a los templos, y sacrificados para después embadurnar con su sangre los altares y los muros de los templos. Porque los aztecas también eran como para echarles de comer aparte. Pregúnteselo si no a los tlaxcaltecas, que prefirieron pelear contra ellos al lado de los españoles. Que ya es preferir. El caso es que nunca más se supo de aquellos infelices, salvo que luego, según cuenta Hernán Cortés en su tercera Carta, se encontraron los cueros de sus caballos, restos de ropas y armas, y el propio Cortés vio, escrita con carbón en la pared de un recinto que albergó a los últimos prisioneros antes del sacrificio, la frase: «Aquí estuvo preso el sin ventura de Juan Yuste».

Supongo que lo políticamente correcto sería decir que donde las dan las toman, y que cuando uno va a por lana, o por oro, corre el riesgo de salir empalado. A estas alturas, el horror de la conquista de México, la crueldad de unos y otros, la ambición sin tasa, la esclavitud de los indios y la tragedia que se prolonga hasta nuestros días, son de sobra conocidas. Todo eso lo sé, y lo he seguido allí mismo, en México, sobre el terreno, con la compañía de los amigos y los libros.

Y sin embargo, oyendo al dios del viento silbar entre las piedras de Zultepec, por mucho que la lucidez permita separar las churras de las merinas, uno no puede menos que sentir un estremecimiento singular cuando piensa en aquel Juan Yuste y sus compañeros. No porque nos apiademos de su suerte; al fin y al cabo la suerte en ese contexto histórico es una lotería en la que ganas o pierdes, una aventura desesperada en la que matas o mueres, dejas atrás la miseria y el hambre de una España ruin e ingrata, acogotada por curas, reyes y mangantes, y conquistas México o el Perú y te forras para toda la vida, o palmas comido por las fiebres, cubierto de hierro, rebozado en sangre y barro, asestando estocadas a la turba de indios valerosos que te cae encima, ven aquí, chaval, que te vamos a dar oro, y te arrastra hasta el altar donde espera el sacerdote con el cuchillo de sílex en alto.

Quiero decir con todo esto que, ante las gradas de aquel templo, pese a no sentirme para nada solidario con lo que el tal Juan Yuste y sus camaradas habían ido a hacer allí, no pude evitar un contradictorio sentimiento de comprensión; un guiño cómplice hacia todos esos valientes animales que a lo mejor nacieron en mi pueblo, y en el de ustedes, y que en vez de resignarse a lamer las botas del señorito de turno, languideciendo en una tierra miserable y sin futuro, decidieron jugarse el todo por el todo y embarcarse rumbo a la aventura, al oro y también a la muerte atroz que era su precio, llenando los libros de Historia de páginas terribles y —lo que no es en absoluto incompatible— también inolvidables y magníficas.

XLSemanal
17 de enero de 1999

Índice

El papel utilizado para la impresión de este libro
ha sido fabricado a partir de madera
procedente de bosques y plantaciones
gestionados con los más altos estándares ambientales,
lo que garantiza una explotación de los recursos
sostenible con el medio ambiente
y beneficiosa para las personas.
Por este motivo, Greenpeace acredita que
este libro cumple los requisitos ambientales y sociales
necesarios para ser considerado
un libro «amigo de los bosques».
El proyecto «Libros amigos de los bosques» promueve
la conservación y el uso sostenible de los bosques,
en especial de los Bosques Primarios,
los últimos bosques vírgenes del planeta.

Papel certificado por el Forest Stewardship Council®